LA GUERRA DEL PONTE

di *Gabriele D'Annunzio*

San Pantaleone è una raccolta di novelle di Gabriele D'Annunzio del 1886.

Photo by Oscar Sutton by Unsplash

Tutti i diritti riservati ©

ISBN 978-0-244-02674-5

LA GUERRA DEL PONTE

Verso gl'idi d'agosto (per tutte le campagne il grano lavato si asciugava felicemente al sole), Antonio Mengarino, un vecchio agricoltore pieno di probità e di saggezza, stando nel Consiglio del Comune a giudicare sulle cose pubbliche, come udì taluni consiglieri cittadini discorrere a voce bassa del cholèra che in qualche provincia d'Italia andavasi ampliando e udì altri proporre ordini a conservazion della salute ed altri esporre timori, si fece innanzi con un'aria tra di incredulità e di curiosità ad ascoltare.

Erano con lui nel Consiglio, agricoltori, Giulio Citrullo della pianura e Achille di Russo dei colli; e il vecchio, mentre ascoltava, volgevasi di tratto in tratto a quei due con cenni delle palpebre e delle labbra come per avvertirli dell'inganno ch'egli credeva si celasse nelle parole dei consiglieri signori e del sindaco.

Finalmente, non più potendo trattenersi, disse, con la sicurtà di un uomo che sa e vede molto:

«'Mbè, levàme ssti chiacchiere in tra di nu áutre. Le vuleme fa' veni nu poche de culere, u ne le vuleme fa' veni? Dicémecele 'n segrete, mo.»

A queste inaspettate parole, tutti i consiglieri furono da prima presi dalla meraviglia, e quindi dal riso.

«Vatténne, Mengarì! Che ti mitte a dice, sangue de Crimie!» esclamò don Aiace, il grande assessore, spingendo con la mano una spalla del vecchio. E li altri, scotendo il capo o battendo il pugno in su 'l tavolo sindacale, commentavano la pertinace ignoranza dei cafoni.

«'Mbè, ma ve pare mo ca nu credeme a ssi chiacchiera quisse?»fece Antonio Mengarino, con un gesto vivo, poichè sentivasi punto dall'ilarità che le sue parole avevano suscitata. Nell'animo di lui e in quello delli altri due agricoltori la diffidenza e la nativa ostilità contro la signoria insorgevano. - Dunque essi erano esclusi dai segreti del Consiglio? Dunque ancora erano considerati come cafoni? Ah, brutte cose, per la Majella!... - «Facéte vu, Nu ce ne jame,» concluse il vecchio, acre, coprendosi il capo. E i tre villici uscirono dalla sala, con un passo pieno di dignità, in silenzio.

Come furono fuori del paese, nella campagna opulenta di vigne e di gran ciciliano, Giulio Citrullo, soffermatosi per accender la pipa, sentenziò:

«Ocche bádene a isse! Ca ssta vote sa coma va sgrizzenrie li cocce, pe' la Majelle!... I nin vulesse esse lu sínnache.» Intanto nel territorio contadino il timore del morbo imminente sconvolgeva tutti li animi. In torno alli alberi fruttiferi, in torno alle viti, in torno alle cisterne, in torno ai pozzi, li agricoltori vigilavano, sospettosi e minacciosi, con una costanza instancabile. Nella notte colpi di fucile frequenti turbavano il silenzio; i cani, aizzati, latravano fino all'alba. Le imprecazioni contro i Governanti scoppiavano di giorno in giorno con maggior violenza d'ira. Tutte le pacifiche ed auguste fatiche agresti erano intraprese con una sorta d'incuria e d'insofferenza.

Sorgevano dai campi le canzoni di ribellione rimate all'improvviso.

Poi, i vecchi rinnovavano i ricordi delle passate mortalità, confermando la credenza nei veleni. Un giorno, nel 54, alcuni vendemmiatori di Fontanella, avendo colto un uomo in cima a un albero di fico e avendolo costretto a discendere, videro che questi nascondeva una fiala piena di un unguento gialliccio. Con minacce essi gli fecero inghiottire tutto l'unguento; e d'un tratto l'uomo (ch'era uno dei Paduani) stramazzò, torcendo le membra su 'l terreno, livido, con li occhi fissi, con il collo teso, con alla bocca una schiuma. A Spoltore, nel 37, Zinicche, un fabbro, uccise in mezzo alla piazza il cancelliere Don Antonio Rapino; e le morti cessarono subitamente, il paese fu salvo.

Poi, a poco a poco, le leggende si formavano e di bocca in bocca variavano, e, se bene recenti, divenivano meravigliose. Una diceva che al Palazzo del Comune erano giunte sette casse di veleno distribuito dai Governanti perchè fosse sparso nelle campagne e mescolato nel sale. Le casse erano verdi, cerchiate di ferro, con tre serrature. Il sindaco aveva dovuto pagare settemila ducati per sotterrar le casse e liberare il paese. Un'altra voce recava che al sindaco i Governanti davano cinque ducati per ogni morto. La popolazione era troppo grande: toccava ai poveri morire. Il sindaco stava facendo le liste. Ah, si arricchiva, il figlio di Sciore, questa volta!

Così il fermento cresceva. Li agricoltori al mercato di Pescara nulla compravano, nè portavano mercanzia in traffico. I fichi dalli alberi, giunti a maturità, cadevano e si corrompevano su 'l suolo. I grappoli rimanevano intatti fra i pampini. I ladroneggi notturni più non seguivano, poichè i ladri temevano di cogliere frutti attossicati. Il sale, l'unica merce presa nelle botteghe della città, era prima offerto ai cani e ai gatti, per esperimento.

Giunse quindi un giorno la novella che a Napoli i cristiani morivano in gran numero. E al nome di Napoli, di quel gran reame lontano dove Ggiuanne senza pahure un dì trovò fortuna, le immaginazioni si accendevano. Sopravvennero le vendemmie. Ma, come i mercanti di

Lombardia compravano le uve nostrali e le portavano nei paesi del settentrione per trarne vini artifiziosi, la letizia del rinato mosto fu scarsa e poco le gambe dei vendemmiatori si esercitarono a danzare nel tino e poco si esercitarono al canto la bocche femminili.

Ma, quando tutte le opere della raccolta furono terminate e tutti li alberi furono spogliati dei loro frutti, cominciarono i timori e i sospetti a dileguarsi; poichè oramai eran diminuite pe' i Governanti le opportunità di spargere il veleno.

Grandi piogge beneficatrici caddero su le campagne. Il terreno ora, nutrito d'acqua, andavasi temperando pe 'l lavoro dell'aratro e per la seminazione, co 'l favore dei dolci soli autunnali; e la luna ne 'l primo quarto influiva su la virtù dei semi.

Una mattina, per tutto il territorio si sparse d'improvviso la voce che a Villareale, presso le querci di Don Settimio, su la riva destra del fiume, tre femmine erano morte dopo aver mangiato in comune una minestra di pasta comprata; nella città. L'indignazione irruppe da tutti li animi; e con maggior veemenza, poichè tutti oramai s'erano pacificati in una securtà fiduciosa.

«Ah, va bbone; lu fije de Sciore nen ci ha vulute arnunzià a li ducato.... Ma a nu nen ce po fa' niente mo, pecché frutte nen ce ne sta, e a Pescare nen ci jeme.»

«Lu fije de Sciore joca na mala carte.»

«A nu ce vo fa' muri? 'Mbè, esse ha sbajate lu tombe, povere Sciurione....»

«Addò le po mette la pruvelette? A la paste, a lu sale.... Ma la paste nu ne la magneme; e lu sale le deme prime a pruvà a li hatte e a li cane.»

«Ah, Signure birbune! Ch'aveme fatte nu, puveritte? Mannajia Crimie, ha da venì chilu journe....»

Così le mormorazioni si levavano da ogni parte, miste ai dileggi e alle contumelie contro li uomini del Comune e contro i Governanti.

A Pescara, d'un tratto, tre, quattro, cinque persone del volgo furono prese dal male. Cadeva la sera; e su tutte le case discendeva una grande paura funerea, insieme con l'umidità del fiume. Per le vie la gente si agitava correndo verso il Palazzo comunale; dove il sindaco e i consiglieri e i gendarmi, avvolti in una confusion miserevole, salivano e scendevano le scale parlando tutti insieme ad alta voce, dando contrari ordini, non sapendo che risolvere, dove andare, come provvedere. Per un naturai fenomeno, il commovimento dell'animo si propagava al ventre.

Tutti, sentendo dentro le viscere romorii cupi, si mettevano a tremare e a battere i denti; si guardavano in volto l'un l'altro; si allontanavano a rapidi passi; si chiudevano nelle case. Le cene rimasero intatte.

Poi, a tarda ora, quando il primo tumulto del pánico fu sedato, le guardie cominciarono ad accendere su i canti delle vie fuochi di zolfo e di catrame. Il rossore delle fiamme illustrava i muri e le finestre; e l'inutile odore del bitume spandevasi per la città sbigottita. Da lontano, come la luna era serena, pareva che i calafati verso il mare spalmassero carene allegramente.

Tale fu in Pescara l'entrata dell'Asiatico. E il male, serpeggiando lungo il fiume, s'insinuò nei borghi della

Marina, in quelli adunamenti di casupole basse dove vivono i marinai e alcuni vecchi dediti a piccole industrie. Li infermi morirono quasi tutti, poichè non volevano prendere i rimedi. Nessuna ragione e nessuna esperienza valse a persuaderli. Anisafine, un gobbo che vendeva ai soldati acqua mista a spirito di ánace, quando vide il bicchiere del medicamento, strinse forte le labbra e cominciò a scuotere il capo in segno di rifiuto. Il dottore prese ad eccitarlo con parole di persuasione; bevve egli pe 'l primo la metà del liquido; e, dopo, quasi tutti li assistenti accostarono la bocca all'orlo del bicchiere. Anisafine seguitava a scuotere il capo.

«Ma vedi,» esclamò il dottore, «abbiamo bevuto prima noi....»

Anisafine si mise a ridere per beffa:

«Ah, ah, ah! Ma vu, mo che arreuscite, ve pijate lu contravvelene,» disse. E, poco dopo, morì.

Cianchine, un macellaio idiota, fece la stessa cosa. Il dottore, per ultima prova, gli versò a forza tra i denti il medicinale. Cianchine sputò tutto, con ira e con orrore.

Poi si mise a scagliar vituperii contro li astanti; tentò due o tre volte di levarsi per fuggire; e morì rabbiosamente, dinanzi a due gendarmi esterrefatti.

Le cucine pubbliche, instituite per concorso spontaneo d'uomini. caritatevoli, furono in su 'l principio credute dal volgo un laboratorio di tossici. I mendicanti pativano la fame più tosto che mangiare la carne cotta in quelle pentole. Costantino di Corròpoli, il cinico, andava spargendo i dubbi tra la sua tribù. Egli vagava in torno alle cucine, dicendo a voce alta, con un gesto indescrivibile: «A me nen mi ci acchiappo!»

La Catalana di Gissi fu la prima a vincere il timore. Ella, un poco esitante, entrò; mangiò a piccoli bocconi, esaminando in sè stessa l'effetto del cibo; bevve il vino a piccoli sorsi. Poi, sentendosi tutta ristorata e fortificata, sorrise di meraviglia e di piacere. Tutti i mendicanti attendevano ch'ella uscisse. Quando la rividero incolume, si precipitarono per la porta; vollero anch'essi bere e mangiare.

Le cucine sono in un vecchio teatro scoperto, nelle vicinanze di Portanova. Le caldaie bollono nel luogo dell'orchestra, il fumo invade il palco scenico: tra il fumo si vedono al fondo le scene raffiguranti un Castel feudale illuminato dal plenilunio. Quivi, su 'l mezzodì si raccoglie in torno a una mensa rustica la tribù dei poveri. Prima che l'ora scocchi, nella platea s'agita un brulichio multicolore di cenci e si leva un mormorio di voci roche. Alcune figure nuove appaiono tra le figure già cognite. Io amo una tal Liberata Lotta di Montenerodòmo, che ha una mirabile testa di Minerva ottuagenaria, piena di regalità e di austerità nella fronte, con i capelli tutti tesi in su 'l cranio come un casco aderente. Ella tiene fra le mani un vaso di vetro verde; e resta in disparte, taciturna, aspettando d'essere chiamata.

Ma il grande episodio epico di questa cronaca del cholèra è la Guerra del Ponte.

Un'antica discordia dura tra Pescara e Castellammare Adriatico, tra i due comuni che il bel fiume divide.

Le parti nemiche si esercitano assiduamente in offese e in rappresaglie, l'una osteggiando con tutte le forze il fiorire dell'altra. E poichè oggi è prima fonte di prosperità la mercatura, e poichè Pescara ha già molta dovizia d'industrie, i Castellammaresi da tempo mirano a trarre i mercanti su la loro riva con ogni sorta di astuzie e di allettamenti.

Ora, un vecchio ponte di legname cavalca il fiume su grossi battelli tutti incatramati e incatenati e trattenuti da ormeggi. I canapi e le gómene s'intrecciano nell'aria artifiziosamente, scendendo dalle antenne alte dell'argine ai parapetti bassissimi; e dànno imagine di un qualche barbarico attrezzo ossidionale. Le tavole mal connesse scricchiolano al peso dei carri. Al passaggio delle schiere militari, tutta la mostruosa macchina acquatica oscilla e balza da un capo all'altro e risuona come un tamburo.

Sorse un dì da questo ponte la popolar leggenda di san Cetteo liberatore; e il santo annualmente vi si ferma nel mezzo, con gran pompa cattolica, a ricevere le salutazioni che dalle barche ancorate mandano i marinai. Così, tra la vista di Montecorno e la vista del mare, l'umile costruzione sta quasi come un monumento della patria, ha quasi in sè la santità delle cose antiche e dà alli estranei indizio di genti che ancora vivano in una semplicità primordiale.

Li odii tra i Pescaresi e i Castellamaresi cozzano su quelle tavole che si consumano sotto i laboriosi traffici cotidiani.

E, come per di là le industrie cittadine si riversano su la provincia teramana e vi si spandono felicemente, oh con qual gioia la parte avversa taglierebbe i canapi e respingerebbe i sette rei battelli a naufragare!

Sopraggiunta dunque la bella opportunità, il gonfaloniere nemico con molto apparato di forze campestri impedì ai Pescaresi il passaggio nell'ampia strada che dal ponte si dilunga per gran tratto congiungendo innumerevoli paesi.

Era nell'intendimento di colui chiudere la città rivale in una specie d'assedio, toglierle ogni modo di traffico ed interno ed esterno, attrarne al suo mercato i venditori e i compratori che per consuetudine praticavano su la destra riva; e, quindi, dopo avere ivi oppressa in una forzosa inerzia ogni arte di lucro, sorgere trionfatore. Offerse egli ai padroni delle paranze pescaresi venti carlini per ogni cento libbre di pesce, mettendo come patto che tutte le paranze approdassero e scaricassero alla sua riva. e che la convenzion del prezzo durasse fino al giorno della Natività di Cristo.

Ora, nella settimana precedente la Natività, il prezzo del pesce suol salire a più che quindici ducati per ogni cento libbre. Manifesta appariva dunque l'insidia.

I padroni rifiutarono ogni offerta, preferendo tenere inoperose le reti.

Lo scaltro nemico fece ad arte spargere voce che una mortalità grande affliggeva Pescara. Si adoperò per via d'amicizia a sollevare tutti li animi della provincia teramana e li animi anche dei Chietini contro la pacifica città dove il morbo già era scomparso.

Respinse con violenza o ritenne prigionieri alcuni onesti viandanti che, usando d'un comun diritto, prendevano la strada provinciale per recarsi altrove. Lasciò che sulla linea di confine un branco di suoi lanzichenecchi stesse dall'alba al tramonto schiamazzando contro chiunque si avvicinava.

La ribellione cominciò allora a fermentare nei Pescaresi, contro li ingiusti arbitrii; poichè sopraggiungeva la miseria e tutta la numerosa classe dei lavoratori languiva nell'inerzia e tutti i mercanti incorrevano in gravissimi danni. Il cholèra, scomparso dalla città, accennava a scomparire anche dalla marina dove soltanto alcuni vecchi invalidi erano morti. Tutti i cittadini, fiorenti di salute, amavano riprendere le consuete fatiche. I tribuni sorsero: Francesco Pomárice, Antonio Sorrentino, Pietro D'Amico. Per le vie la gente si divideva in gruppi, ascoltava la parola tribunizia, applaudiva, proponeva, gittava gridi. Un gran tumulto andavasi preparando fra il popolo. Per eccitazione, taluni raccontavano il fatto eroico del Moretto di Claudia. Il quale, preso dai lanzichenecchi a forza e imprigionato nel lazzeretto ed ivi trattenuto per cinque giorni senz'altro cibo che pane, riuscì a fuggire dalla finestra; passò a nuoto il fiume, e giunse tra i suoi grondante di acqua, alenante, famelico, raggiante di gloria e di gioia.

Il sindaco, nel frattempo, sentendo il mugolío precursore della tempesta, si accinse a parlamentare co 'l Gran Nimico castellammarese. È il sindaco un picciolo dottor di legge cavaliere, tutto untuosamente ricciutello, con omeri sparsi di forfora, con chiari occhietti esercitati alle dolci simulazioni. È il Gran Nimico un degenere nepote del buon Gargantuasso; enorme, sbuffante, tonante, divorante. Il colloquio avvenne in terra neutrale; e presenti vi furono li illustri prefetti di Teramo e di Chieti.

Ma, verso il tramonto, un lanzichenecco, entrato in Pescara per recare un messaggio a un consiglier del Comune, si mise in cantina con atti bravi a bevere; e quindi prese bravamente a girovagare. Come lo videro i tribuni, gli corsero sopra. Tra le grida e le acclamazioni della plebe lo spinsero lungo la riva, sino al lazzeretto. Era il tramonto su le acque luminosissimo; e il bèllico rossore dell'aria inebriava li animi plebei.

Allora dall'opposta riva ecco una torma di Castellammaresi, uscente di tra i salici ed i vimini, darsi con molta veemenza di gesti ad inveire contro l'oltraggio. Rispondevano i nostri con eguale furia. E il lanzichenecco imprigionato percoteva con tutta la forza dei piedi e delle mani la porta della prigione, gridando:

«Apríteme! Apríteme!»

«Tu adduòrmete a esse, e nen te n'incaricà,» gli gridavano per beffa i popolani. E qualcuno crudelmente aggiungevagli:

«Ah, si sapisse quante se n'hanne muorte a esse dendre! Siente l'uddore? Nen te s'ha cumenzate a smove nu poche la panze?»

«Urrà! Urrà!»

Verso la Bandiera scorgevasi un luccichio di canne di fucile. Il sindachetto veniva a capo di un manipolo militare per liberar dal carcere il lanzichenecco, a fin di non incorrere nelle ire del Gran Nimico.

Subitamente la plebe, irritata, tumultuò; grida altissime si levarono contro quel vil liberatore di Castellammaresi.

Per tutta la via, dal lazzeretto alla città, fu un clamoroso accompagnamento di sibili e di contumelie. Al lume delle torce, la gazzarra durò fin che le voci non furon roche.

Dopo quel primo impeto, la rivolta si andò svolgendo a mano a mano con nuove peripezie. Tutte le botteghe si chiusero. Tutti i cittadini si raccolsero su la strada, ricchi e poveri, in famigliarità, presi da una furiosa smania di parlare, di gridare, di gesticolare, di manifestare in mille diversi modi un unico pensiero.

Ad ogni tratto giungeva un tribuno recando una notizia. I gruppi si scioglievano, si ricomponevano, variavano, secondo le correnti delle opinioni. E, poichè su tutte le teste la libertà del giorno era vitale e i sorsi dell'aria letificavano come sorsi di vino, si ridestò nei Pescaresi la nativa giocondità beffarda; ed essi seguitarono a far ribellione in una maniera gaia ed ironica, così, per il diletto, per il dispetto, per l'amore delle cose nuove.

Li stratagemmi del Gran Nimico si moltiplicavano. Qualunque accordo rimaneva inosservato a causa di abili temporeggiamenti che la debolezza del piccolo sindaco favoriva.

Il mattino d'Ognissanti, verso la settima ora, mentre nelle chiese si celebravano i primi uffici festivi, i tribuni si misero in giro per la città, seguiti da una turba che ad ogni passo accrescevasi e diveniva più clamorosa. Quando l'intero popolo fu raccolto, Antonio Sorrentino arringò. La processione, in ordine, quindi si diresse al Palazzo comunale. Le strade erano ancora azzurre nell'ombra e le case erano coronate dal sole.

In vista del Palazzo un immenso grido scoppiò. Tutte le bocche scagliavano vituperii contro il leguleio; tutti i pugni si levavano in attitudine di minaccia; tra un grido e l'altro, certe lunghe oscillazioni sonore rimanevano nell'aria, come prodotte da uno stromento; e su la confusion delle teste e delle vesti i lembi vermigli delle bandiere sbattevano, come agitati dal largo soffio popolare.

Su 'l comunal balcone non appariva alcuno. Il sole discendeva a poco a poco dal tetto verso la gran meridiana tutta nera di cifre e di linee su cui lo gnomone vibrava l'ombra indicatrice. Dalla Torretta dei D'Annunzio al campanil badiale torme di colombi svolazzavano nell'azzurro superiore.

Le grida si moltiplicarono. Una mano di animosi diede l'assalto alle scale del Palazzo. Il piccolo sindaco, pallido e pavido, si arrese al volere del popolo; lasciò il seggio; rinunziò all'ufficio; discese su la strada, tra i gendarmi, seguito dai consiglieri. Uscì quindi dalla città; si ritrasse su 'l colle di Spoltore.

Le porte del Palazzo furono chiuse. Un'anarchia provvisoria si stabilì nella città. Le milizie, per impedire l'imminente lotta tra i Castellammaresi e i Pescaresi, fecero argine su l'estremità sinistra del ponte. La turba, deposte le bandiere, si avviò alla strada di Chieti; poichè di là era per giungere il Prefetto chiamato in furia da un Commissario reale. I proponimenti parevano feroci.

Ma la mite virtù del sole a poco a poco pacificò le ire. Nell'ampia strada venivano, uscenti dalla chiesa, le femmine del contado tutte in vesti di seta multicolori e coperte di gioielli giganteschi, di filigrane d'argento, di collane d'oro. Lo spettacolo di quelle facce, rubiconde e gioconde come grandi pomi, rasserenava ogni animo. I motti e le risa nacquero spontaneamente; ed il non breve tempo dell'aspettazione parve quasi dilettevole. Su 'l mezzodì la vettura prefettizia giunse in vista. Il popolo si dispose in semicerchio per chiuderle la via. Antonio Sorrentino arringò, non senza un certo sfoggio d'eloquenza fiorita. Li altri, fra le pause dell'arringa, chiedevano in vari modi giustizia contro li abusi, sollecitudine e validità di provvedimenti nuovi. Due grandi scheletri equini, ancora animati, scotevano di tratto in tratto le sonagliere, mostrando ai ribelli le gencive pallidicce, con una smorfia di derisione. E il delegato di polizia, simile non so a qual vecchio cantator di teatro che ancora portasse per divozione in torno al volto una finta barba di druido, moderava dall'altitudine del serpe l'ardor del tribuno, con cenni gravi della mano.

Come il perorante nella foga saliva a culmini di eloquenza troppo audaci, il Prefetto, sorgendo su 'l predellino, colse il momento per interrompere. Proferì una frase ambigua e timida che le grida del popolo copersero.

«A Pescara! A Pescara!»

La vettura camminò quasi sospinta dall'onda popolare ed entrò in città; e, poichè il Palazzo era chiuso, si fermò dinanzi alla Delegazione. Dieci nominati a voce dal popolo salirono insieme col Prefetto, per parlamentare. La turba occupò tutta la via. Impazienze qua e là scoppiavano.

La via era angusta. Le case riscaldate dal sole irraggiavano un tepor dilettoso; e non so qual lenta mollezza emanava dal cielo oltremarino, dall'erbe fluttuanti lungo le gronde, dalle rose delle finestre, dalle mura bianche, dalla fama stessa del luogo. Ha il luogo fama d'albergare le più belle popolane pescaresi: vive e di generazione in generazione nella contrada si va perpetuando una tradizion di beltà. La immensa casa decrepita di Don Fiore Ussorio è un vivaio di bimbi floridi e di fanciulle leggiadre; ed è tutta coperta di piccole logge che sono esuberanti di garofani e che si reggono su rozze mènsole scolpite di mascheroni procaci.

A poco a poco, le impazienze della folla si placavano. I parlari oziosi propagavansi da un capo all'altro; dall'uno all'altro bivio. Domenico di Matteo, una specie di Rodomonte villereccio, motteggiava ad alta voce sull'asinità e l'avidità dei dottori che facevano morire li infermi per prendere dal Comune una maggior mercede. Egli narrava certe sue cure mirabili. Una volta egli aveva un gran dolore al petto ed era quasi prossimo all'agonia. Poichè il medico gli proibì di bere acqua, egli ardeva di sete. Una notte, mentre tutti dormivano, si levò piano piano, cercò a tentoni la conca, vi tuffò la testa e rimase lì a bevere come un giumento, fin che la conca non fu vuota. La mattina dopo egli era guarito. Un'altra volta egli ed un suo compare, avendo da lungo tempo la febbre terzana contro cui ogni virtù di chinino pareva inutile, decisero di fare una esperienza. Si trovavano su la riva del fiume, ed alla riva opposta una vigna solatía li allettava con i grappoli. Si spogliarono, si gittarono nelle fredde acque, tagliarono la corrente, toccarono l'altra riva, si saziarono d'uva; poi di nuovo attraversarono. La terzana disparve. Un'altra volta, essendo egli infermo di mal francioso ed avendo speso più di quindici ducati vanamente in opera di medici e di medicine, come vide la madre attendere al bucato, fu colto da un pensiero felice. Tracannò, l'un dopo l'altro, cinque bicchieri di lisciva; e si liberò.

Ma ai balconi, alle finestre, alle logge la bella tribù muliebre si affacciava tumultuariamente. Tutti li uomini dalla via levavano li occhi a quelle apparizioni e restavano con la faccia al sole per guardare; e tutti, poichè la consueta ora del pasto era già trascorsa, si sentivano la testa un poco vacua e nello stomaco un languore infinito. Brevi dialoghi dalla via alle finestre si intrecciavano. I giovini gittarono motti salaci alle belle. Le belle risposero con gesti schivi, con scuotere di capo; o si ritrassero, o forte risero. Le fresche risa di quelle bocche si sgranellavano come collane di cristallo, cadendo su li uomini che già il desio incominciava a pungere. Dalle mura il calore s'irradiava più largo e mescevasi al calor dei corpi agglomerati. I riverberi bianchissimi abbarbagliavano. Qualche cosa di snervante e di stupefacente discendeva su quella turba digiuna.

Apparve su una loggia, d'improvviso, la Ciccarina, la bella delle belle, la rosa delle rose, l'amorosa pèsca, colei che tutti han desiato. Per un moto unanime, li sguardi si volsero verso di lei. Ella, nel trionfo, stava semplicemente, sorridendo, come una dogaressa dinanzi al suo popolo. Il sole le illuminava la piena faccia di cui la carne è simile alla polpa di un frutto succulento. I capelli, di quel color castaneo di sotto a cui par trasparisca una fiamma d'oro aranciato, le invadevano la fronte, le tempia, il collo, mal frenati. Un nativo fáscino afrodisiaco le emanava da tutta la persona. Ed ella stava semplicemente, tra due gabbie di merli, sorridendo, non sentendosi offesa dalle brame che lucevano in tutti quelli occhi intenti a lei.

I merli fischiarono. I madrigali rustici batterono l'ali verso la loggia. La Ciccarina si ritrasse, sorridendo. La turba rimase nella via, quasi abbacinata dai riverberi, dalla vista di quella femmina, dalle prime vertigini della fame.

Allora uno dei parlamentari, affacciatosi a una finestra della Delegazione, disse con voce squillante:

«Cittadini, si deciderà la cosa fra tre ore!»

Lightning Source UK Ltd.
Milton Keynes UK
UKHW020626170922
409018UK00007B/811